AF331361

NOTICE

DE

TABLEAUX

DES ÉCOLES

FRANÇAISE, ITALIENNE, ESPAGNOLE ET FLAMANDE,

COMPOSANT LA COLLECTION

de feu M. le Général de Division **BARON SERVATIUS**,

DONT LA VENTE AUX ENCHÈRES PUBLIQUES AURA LIEU

en son domicile,

RUE DE L'ORATOIRE DU ROULE, 32,

LE MERCREDI 15 FÉVRIER 1854,

à une heure précise.

Par le ministère de Me **DELBERGUE CORMONT**.
Commissaire-Priseur, rue de Provence, 8,
Avec l'assistance de M. **GEORGE**,
ANCIEN COMMISSAIRE-EXPERT DU MUSÉE DU LOUVRE,
rue du Sentier, 8,
Chez lesquels se distribue la présente Notice.

EXPOSITION PUBLIQUE

Les Samedi 11 et Dimanche 12 Février 1854, de midi à 5 heures.

PARIS

MAULDE & RENOU,

IMPRIMEURS DE LA COMPAGNIE DES COMMISSAIRES-PRISEURS,
rue de Rivoli, 114, au coin de la rue de l'Arbre-Sec.

1854

CONDITIONS DE LA VÈNTE :

Elle sera faite au comptant.

Les acquéreurs paieront, en sus des adjudications, cinq centimes par franc applicables aux frais.

AVERTISSEMENT.

Le goût des arts était chez le général Servatius une tradition de famille ; il avait dû le puiser et l'entretenir dans la galerie de M. le baron de Massias, son beau-père, galerie célèbre de son temps et dont le catalogue raisonné et figuré de Landon atteste encore la renommée. Le général Servatius avait commencé de très bonne heure sa collection, et il est à regretter qu'il n'ait pas conservé tous les tableaux qui en firent partie tour à tour. Mais il s'éprenait d'une nouvelle toile avec toute l'ardeur de sa vive imagination, et ne reculait pour l'acquérir devant aucun sacrifice. De là des échanges continuels qui furent loin d'être toujours à son avantage. Puis, les changements de résidence, forcés par sa position militaire, lui enlevèrent encore quelques-uns de ses meilleurs tableaux en l'obligeant, contre son gré, à les livrer en ventes publiques. Il en excepta cependant quelques ouvrages de l'école française ; car il mettait du patriotisme jusque dans ses goûts artistiques, et notre école était celle de sa prédilection et de ses préférences. C'est ainsi qu'il ne voulut jamais se défaire, malgré des offres très brillantes, des deux tableaux de Vien et du Zéphir de Prud'hon qui figurent dans la collection dont nous publions aujourd'hui la notice.

DESCRIPTION

ABRÉGÉE

DES

TABLEAUX & DESSINS

DE LA COLLECTION

de feu M. le Général de Division BARON SERVATIUS.

ÉCOLE FRANÇAISE.

VIEN (Joseph-Marie).

1. **Une Femme grecque sortant du bain.** — Elle est nue et debout, appuyée sur une balustrade au bord d'un bassin; une jeune esclave, un genou en terre, lui essuie les pieds. La salle de bain est décorée d'une belle architecture.

Cette gracieuse peinture, d'une exécution agréable et d'une grande élégance de dessin, est gravée par Nicolas Ponce dans le recueil des estampes d'après les tableaux du cabinet du duc de Choiseul. Elle fut vendue à la vente de cette célèbre collection, en 1772, sous le n° 137 du catalogue, au prix de 2,050 livres.

— 6 —

2. Offrande à Bacchus. — La statue du jeune Dieu
s'élève sur un piédestal à l'entrée d'un jardin. Une
Bacchante suspend au dessus de la tête de Bacchus
un tambour de basque, emblème de la Folie ; une
autre Bacchante, couchée et endormie un panier
de raisins à la main, figure le sommeil de l'ivresse.

Ce tableau sert de pendant au précédent et a
été également gravé par Nicolas Ponce.

PRUD'HON (Pierre-Paul).

3. Jeune Zéphir se balançant sur une nappe d'eau.

Les artistes et les amateurs reconnaîtront dans
cet ouvrage la première pensée du Zéphir, l'un
des chefs-d'œuvre de Prud'hon. Préparée en grisaille, d'un ton azuré, comme toutes les productions
de ce maître, celle-ci est déjà rendue de modelé et
d'effet ; il ne lui manque, pour être achevée, que
quelques légers glacis colorés. A distance tout est
terminé, et, lorsqu'on s'arrête quelque temps
devant ce tableau, on se demande et l'on doute si
le fini de l'exécution et des teintes plus brillantes
eussent répandu plus de charme sur cette sédui-
sante figure peinte de sentiment et d'inspiration.

POUSSIN (École de Nicolas).

4. Vénus descendue de son char, entourée des Amours,
des Jeux et des Ris, s'appuie tendrement sur les
genoux d'Adonis.

5. Le serpent d'airain ; grisaille sur bois.

LEPRINCE (J.-B.).

6. Vue des Bords de la Newa, aux environs de Saint-Pétersbourg. Le fleuve est animé d'élégantes embarcations et le rivage d'une multitude de promeneurs et de personnages de toutes les classes de la société.

LESUEUR (ÉCOLE DE).

7. Portrait d'un Moine de l'ordre de Saint-Bruno.

BOURDON (SÉBASTIEN).

8. Martyre de Saint-Eustache. Esquisse.

FREMINET (ATTRIBUÉ A MARTIN).

9. Portrait à mi-jambes qu'on présume être celui du maréchal Byron ; il est revêtu de son armure ; sa main gauche est posée sur son casque, de la main droite il tient le bâton de commandement.

WATTEAU DE LILLE. (ATTRIBUÉ A)

10. Attaque d'un Convoi.

BOURGUIGNON (ÉCOLE DU).

11. Pendant que la mêlée s'engage entre deux détachements de cavalerie aux prises au bord d'un fleuve protégé par de hautes montagnes, un corps d'armée passe le fleuve sur un point plus éloigné.

12. Un Général à la tête de son armée excite ses soldats à franchir un chemin étroit et escarpé. Au débouché du chemin un combat de cavalerie s'engage dans la vallée.

VALIN.

13. Vénus et l'Amour; forme de médaillon.

RIOULT.

14. Chactas au Tombeau d'Atala. — Exposé au Salon de 1827, sous le n° 869 du livret.

GABÉ.

15. Un Laboureur conduisant une charrue.
16. Par le même. Attaque du Panthéon; épisode de juin 1848.

INCONNU.

17. Portrait équestre du maréchal de Berchini, en colonel de hussards.

GOUACHES & DESSINS.

LE PAON (Louis).

18. Bataille de Fontenoy. Plume et lavis, rehaussé de blanc.
19. Prise de Tournay. Plume et lavis, rehaussé de blanc.
20. Bataille de Lawfeld. Plume et lavis, rehaussé de blanc.

21. Un Campement la veille de Fontenoy. Plume et lavis, rehaussé de blanc.

Ces quatre intéressantes compositions, qui retracent fidèlement les plus belles pages de la vie militaire du maréchal de Saxe, ont été, suivant une ancienne tradition, exécutées par son ordre et sous sa direction.

VERNET (CARL).

22. Chevaux menés à l'abreuvoir avant la course. Plume et lavis.

CARESME.

23. Un Faune folâtrant avec des Nymphes. Six figures. Gouache.

NICOLE.

24. Deux vues de Rome : la place Navone et le Forum. Nicole n'a fait qu'un très petit nombre de dessins de cette dimension.
25. Deux vues de Rome : l'Hôpital du Saint-Esprit, et Sainte-Catherine de Sienne.
26. Deux vues de Rome : le Port de Ripa-Grande et le Ponte-Rotto.
27. Deux vues de Naples : le Vieux Palais de la Roccella, le Château d'Œuf et les Écoles de Virgile.
28. Deux autres vues de Naples : la Forteresse de Baïa et les ruines de la Roccella.
29. Vue du Ponte-Sixto par Nicole ; — intérieur de l'Église des Capucins. *Inconnu.*

DE BEZ (J.).

30. Paysage à l'aquarelle.

ÉCOLE ITALIENNE.

SIMONETTI (ATTRIBUÉ A DOMENICO).

31. Une jeune femme coiffée d'un turban, tient à la main une statuette d'or, représentant une Trinité Egyptienne.

BONINI (GIROLAMO).

32. Jupiter et Léda. — Couchée sur un lit de repos étendu sur le devant d'un paysage la femme de Pyndare regarde amoureusement le cygne qui s'élance dans ses bras.

CARRACHE (ÉCOLE DES).

33. L'Amour se reposant sur le devant d'un paysage à l'ombre d'un épais buisson. — Peint à l'instar du Corrège.

GENNARI (BENEDETTO).

34. Portrait d'une dame italienne, revêtue d'un costume d'une élégante coquetterie.

MARATTE (ATTRIBUÉ A CARL).

35. La Vierge en prière, les mains jointes et les yeux levés vers le ciel.

SALVATOR ROSA (ÉCOLE DE).

36. Un commandant d'armée à cheval donnant ses ordres à des officiers.

RECCO (Giuseppe).

37. Intérieur du laboratoire d'un chimiste, meublé de tous les ustensiles de la science. Trois figures animent la composition.

LANFRANC (attribué a).

38. Sujet inconnu; peut-être le peintre a-t-il voulu représenter l'histoire de Loth et ses filles.

DO (Giovanni).

39. Un philosophe. — Demi-figure académique, forte nature.

INCONNUS.

40. Combat naval entre des Turcs et des Vénitiens.
41. Sainte-Famille. École de Sienne.

ÉCOLE ESPAGNOLE.

VILLA VICENCIO.

42. La Vierge tenant l'Enfant Jésus assis sur ses genoux.

Ce tableau gagnera beaucoup à être dépouillé de quelques repeints inutiles et maladroits.

FERNANDEZ.

43. Saint-François en méditation devant un crucifix et un livre ouvert appuyé sur une tête de mort.

PÉREDA (Antoine de).

44. Un religieux de l'ordre de Saint-François en extase devant un crucifix.

ÉCOLES FLAMANDE & HOLLANDAISE.

CARL DE MOOR.

45. Jupiter sous la figure d'une vieille femme surprend une Nymphe endormie.

VAN BALEN.

46. La Vierge, l'Enfant Jésus et le petit Saint-Jean, se reposent à l'entrée d'une forêt ; des anges forment une danse comme pour fêter la Sainte-Famille.

HELST (BARTHOLOMÉ VAN DER).

47. Jean de Witt, grand pensionnaire de Hollande, représenté en pied, de grandeur naturelle et assis sous une tente. Il tient une carte et un compas, et indique de la main gauche un camp que l'on remarque dans l'éloignement.

Outre le mérite de cette peinture, son grand intérêt historique en double la valeur.

HONTHORST (GÉRARD).

48. Une Courtisane repousse un Vieillard qui cherche à la séduire par l'offre d'une bourse. — Figures à mi-corps, de grandeur naturelle.

TÉNIERS (ÉCOLE DE DAVID).

49. Vue d'un Village de Flandre. Au premier plan des pêcheurs tendent leurs filets dans un étang.

POORTER (ATTRIBUÉ A W. DE).

50. Les Égyptiens viennent apporter leurs richesses à Joseph pour obtenir de lui les grains nécessaires à leur subsistance.

    Ce tableau exécuté en grisaille, a été sans raison attribué à Gérard Dow et en porte la signature.

LA VECQ (JACQUES).

51. A la vue de l'ombre de Samuel que la Pythonisse vient d'évoquer, Saül, saisi de crainte, se prosterne la face contre terre.

EECKHOUT (GERBRANT VANDEN).

52. Le Baiser de Judas. — Composition de quatorze figures.

RYCKAERT (ATTRIBUÉ A DAVID).

53. Scène de cabaret. — Quatre figures principales et deux dans le fond.

54. Un buveur endormi, appuyé sur un tonneau.

THULDEN (THÉODORE VAN).

55. Sous de grands arbres indiquant l'entrée d'une forêt, l'Enfant Jésus donne la bénédiction au petit saint Jean agenouillé devant lui.

ORLEY (RICHARD VAN).

56. Une Bacchante, entourée d'enfants, reçoit dans une coupe le jus d'une grappe de raisin qu'un vieux Satyre exprime entre ses doigts.

57. Vertumne, déguisé en vieille, cherche à gagner le cœur de la nymphe Pomone.

Ces deux précieuses miniatures, pleines de goût et d'invention, portent la signature du maître.

HORST (ATTRIBUÉ A NICOLAS VAN DER).

58. Diane découvrant la grossesse de Calisto. — Ancienne miniature sur vélin.

TERWESTEN (ATTRIBUÉ A ELIE).

59. Cartouche représentant des jeux d'enfants et entouré d'une guirlande de fleurs.

FLORIS (ÉCOLE DE FRANÇOIS).

60. Les noces de Tobie.

MEULEN (FRANÇOIS VAN DER).

61. Un général du siècle de Louis XIV, donnant des ordres pour ranger son armée en bataille.

62. Le pendant. — Choc de Cavalerie.

Ces deux petites compositions, sont traitées avec une grande prestesse de main, relevée encore par l'esprit et le piquant de la touche.

MEULEN (ATTRIBUÉ A F. VANDER).

63. Le Passage du Rhin. — Sur le premier plan, Louis XIV, entouré de son état-major donne un ordre à un officier de mousquetaires.

DE SON ÉCOLE.

64. Turenne arrive avec son armée en vue de la ville d'Arras.

VOS (GENRE DE SIMON DE).

65. Les Joueurs de Cartes. — Trois demi-figures de grandeur naturelle.

BENDT (JEAN VANDER).

66. Une Villageoise longe la lisière d'un bois, en conduisant une vache, une chèvre et une brebis.

PALAMÈDES (STEVENS).

67. Choc de cavalerie sur un terrain coupé par une rivière dans laquelle se continue le combat.

Signé et daté de 1628.

VILLAERTS (ADAM).

68. Marine. — Des vaisseaux sont à l'ancre à l'entrée d'un port. En deçà d'un village bâti sur une éminence, le rivage est peuplé de marchands de poissons et d'une multitude de paysans.

Signé et daté de 1624.

MAAS (IMITATION DE NICOLAS).

69. Une vieille Femme lisant la Bible.

BOUT (PIERRE).

70. Vue des Temples de Vesta, de la Fortune virile et
de l'église Sainte-Marie in Cosmedin, à Rome.

VERBOECKHOVEN (GENRE DE).

71. Un Mouton couché dans une prairie.

MAUPRÉ (A.-B.).

72. Une Vache debout dans un pâturage se frotte
contre un arbre.

BRAMER (LÉONARD).

73. La Circoncision. — Quinze figures.

SNAYERS (PIERRE).

74. Deux corps de cavalerie se livrent un combat
acharné au bord d'une grande route. — Signé.

MOREELZE (ATTRIBUÉ A PAUL).

75. Portrait d'une dame hollandaise.

SON (JARIS VAN).

76. Raisins rouges et blancs disposés dans une cor-
beille avec des mûres.

SPELT (Adrien).

77. Deux petits tableaux représentant des pêches dé-
posées sur des consoles en marbre.

MARCELLIS (Otho).

78. Une couleuvre rampe au pied d'une belle plante
de pavots sur laquelle voltigent des papillons et
autres insectes.

KASKELS.

79. Port de mer animé d'un grand nombre de jolies
petites figurines.

QUAST (Pierre).

80. Un Hollandais debout, un verre à la main.

ASCH (Pierre van).

81. Un chasseur et un gentilhomme débouchent d'un
chemin pratiqué dans une forêt qui domine une
vaste étendue de coteaux boisés.

GRYEF (Adrien).

82. Plusieurs chiens de chasse entourent un trophée
de diverses espèces de gibier mort.

FRANCK.

83. Adoration des Mages.

LAENEN (ATTRIBUÉ A J. VANDER).

84. Fantassins présentant leurs lances en arrêt à une troupe de cavaliers qui chargent sur eux.

TYSSENS (PIERRE).

85. Paons, coqs, dindons, poulets et autres oiseaux de basse-cour réunis devant un massif d'arbres touffus.

RYSEN (WARNARD VAN).

86. Site montagneux hérissé de rochers entremêlés d'arbustes.

SCHOUMAN (ARTHUR).

87. Oiseaux de basse-cour.

INCONNUS.

88. Des bestiaux vont traverser un gué qui baigne le devant d'un pays montagneux.
89. Un pâtre s'entretient avec une villageoise, en faisant paître son troupeau au bord d'une rivière.
90. Une vache traverse un ruisseau dans un site montagneux. — *École moderne hollandaise.*

MAULDE ET RENOU, Imprimeurs de la Compagnie des Commissaires-Priseurs, rue de Rivoli, 144.
3262